ATELIER

DE

A. MAUBACH

SCULPTURES

Œuvres et Droits de Reproduction

Vente : **Hôtel Drouot, Salle Nº 1**

Le Lundi 27 Avril 1896

Mᵉ J. GUILLET
COMMISSAIRE-PRISEUR
5, Rue Fénelon, 5

M. F. CUÉREL
EXPERT
10, Rue Eugène-Süe, 10

EXPOSITION PUBLIQUE

Le Dimanche 26 Avril 1896 de 2 heures à 6 heures

LA PETITE IMPRIMERIE

9, RUE DE CLIGNANCOURT, 9

PARIS

CATALOGUE

DES

TERRES CUITES

DÉCORÉES GRAND FEU

MAQUETTES, ESQUISSES, MODÈLES, MOULES

DE

A. MAUBACH

dont la vente avec droit de reproduction

AURA LIEU

HOTEL DROUOT — SALLE N° 1

Le Lundi 27 Avril 1896 à deux heures

Par le Ministère de Mᵉ **J. GUILLET**, Commissaire-Priseur

5, Rue Fenelon, 5

Assisté de **M. CUÉREL**, Expert

10, Rue Eugène-Süe, 10

EXPOSITION PUBLIQUE

Le Lundi 26 Avril 1896 de 2 à 6 heures

Le présent Catalogue se distribue à

Paris.................. Chez Mᵉ J. GUILLET, commissaire-priseur
                        5, *rue Fénelon,*

   — Chez M. F. CUÉREL, expert, *10, rue
                        Eugène Sue.*

Londres............. Chez M. F. DAVIS, 147, *New Bond Street.*

Bruxelles............ Chez M. J. de BRAUWÈRE, expert du Tri-
                        bunal de Commerce, *10, rue des Finances.*

CONDITIONS DE LA VENTE

———

La vente sera faite au comptant.

Les adjudicataires paieront *cinq pour cent* en sus des enchères, applicables aux frais de vente.

L'Exposition mettant le public à même de se rendre compte de l'état des objets, il ne sera admis aucune réclamation une fois l'adjudication prononcée.

———

NOTA. — Les œuvres terminées seront vendues d'abord, et immédiatement à la suite de chacune de ces œuvres les moules, avec les droits de reproduction et d'exploitation pour l'acquéreur, seront mis aux enchères.

La mention *avec tous droits* indique que le modèle est vendu avec tous les droits pour l'acquéreur de le faire reproduire en marbre, en bronze, en terre cuite, en porcelaine ou toute autre matière.

Pour les droits de reproduction déjà cédés et par conséquent reservés, une mention spéciale l'indique clairement.

DÉSIGNATION DES ŒUVRES

Terres cuites décorées grand feu

GROUPES

1. — L'amour maternel.

> Haut. 0.90. Moule 11 pièces.

Avec tous droits.

2. — L'huître et les Plaideurs.

> Haut. 0.65. Moule 23 pièces. Modèle 1.

Avec tous droits.

3. — Duo mascotte.

> Haut. 0.55. Moule 13 pièces. Modèle 1.

Avec tous droits.

4. — Les Fiancailles.

> Haut. 0.90. Moule 13 pièces. Modèle 1.

Avec tous droits.

5. — La Prière du Soir.

> Haut. 0.60. Moule 9 pièces. Modèle 1.

Avec tous droits.

6. — Jardinière Enfants.

Haut. 0.65. Moule 16 pièces. Modèle 1.
Avec tous droits.

7. — Enfants tortue.

Haut. 0.20. Moule 6 pièces. Modèle 1
Avec tous droits.

STATUETTES

8. — Italienne.

Haut. 0.70. Moule 9 pièces. Modèle 1.
Avec tous droits.

9. — Porte-cartes.

Haut. 0.45. Moule 7 pièces. Modèle 1.
Avec tous droits.

10. — Sérénade.

Haut. 0.45. Même moule que ci-dessus.
Avec tous droits.

11. — Porte-bouquet. Petite fille.

Haut. 0.45. Moule 4 pièces. Modèle 1.
Avec tous droits.

12. — Page. Porte-bouquet.

Haut. 0.45. Moule 3 pièces. Modèle 1.
Avec tous droits.

13. — Œuf de Pâques (bonbonnière).

Haut. 0.30. Moule 4 pièces. Modèle 1.
Avec tous droits.

14. — Costume Henri II (homme).

Haut. 0.50. Moule 6 pièces.
Avec tous droits.

15. — Costume Henri II (femme).

Haut. 0.50. Moule 9 pièces.

Avec tous droits, sauf pour la reproduction du bronze.

16. — Carmen.

Haut. 0.50. Moule 5 pièces.

Avec tous droits, sauf pour la reproduction du bronze.

17. — Pippo (mascotte).

Haut. 0.55. Moule 10 pièce.

Avec tous droits, sauf pour la reproduction du bronze.

18. — Bétina (mascotte).

Haut. 0.55. Moule 1 pièce.

Avec tous droits, sauf pour la reproduction du bronze.

19. — Tragédie Comédie.|

Haut. 0.20. Moule 5 pièces.

Avec tous droits.

20. — Folie.

Haut. 40. Moule 7 pièces.

Avec tous droits.

21. — Enfant Chapeau (jardinière).

Haut. 0.45. Moule 13 pièces.

Avec tous droits.

22. — Cor de chasse (porte-bouquet).

Haut. 0.22. Moule 6 pièces.

Avec tous droits.

23. — Cor de chasse (pendant du précédent).

Haut. 0.22. Moule 6 pièces.

Avec tous droits.

24. — En chasse.

Haut. 0.53. Moule 3 pièees.

Avec tous droits.

25. — Macbeth.

Haut. 0.60. Moule 13 pièces.

Avec tous droits.

26. — La brouette (jardinière).

Haut. 0.55. Moule 13 pièces.
Avec tous droits.

27. — La hotte (jardinière).

Haut. 0.55. Moule 9 pièces.
Avec tous droits.

28. — Le Réveil n° 1.

Haut. 0.70. 1 modèle terre cuite.
Avec tous droits, sauf la Terre-Cuite et Porcelaine

29. — Le Réveil n° 2.

Haut. 0.45. 1 modèle terre cuite.
Avec tous droits, sauf pour la terre cuite et porcelaine.

30. — Console (Dauphin, applique).

Haut. 0.35. Moule 4 pièces.
Avec tous droits.

31. — Console (Dauphin, applique) pendant du précédent

Haut. 0.35. Moule 4 pièces.
Avec tous droits.

32. — Console Enfant (applique).

Haut. 0.35. Moule 2 pièces.
Avec tous droits.

33. — Console (pendant du précédent).

Haut. 0.35. Moule 2 pièces.
Avec tous droits.

34. — Cheminée (1 modèle plâtre).

Haut. 1.15. Moule.
Avec tous droits.

35. — La surprise.

Haut. 0.35. Moule 3 pièces.
Avec tous droits.

36. — For you.

Haut. 0.30. Moule 4 pièces.
Avec tous droits.

37. — Zouave au repos.

Haut. 0.32. Moule 3 pièces.

Avec tous droits.

38. — Chasseur au repos.

Haut. 0.32. Moule 7 pièces.

Avec tous droits.

39. — Sauveteur n° 1 (signé Sélinski).

Haut. 0.54. Moule 4 pièce.

Avec tous droits.

40. — Sauveteur n° 2 (signé Sélinski).

Haut. 0.44. Moule 3 pièces.

Avec tous droits.

41. — Noël pleureur n° 1. (modèle terre cuite).

Haut. 0.85.

Avec tous droits, sauf pour la terre cuite et porcelaine.

42. — Noël pleureur n° 2. (modèle terre cuite).

Haut. 0.60

Avec tous droits, sauf pour la terre cuite et porcelaine.

43. — Noël pleureur n° 3. (modèle terre cuite).

Haut. 0.45.

Avec tous droits, sauf pour la terre cuite et porcelaine.

44. — Noël pleureur. n° 4. (modèle terre cuite).

Haut. 0.30.

Avec tous droits, sauf pour la terre cuite et porcelaine.

45. — Noël joyeux n° 2. (modèle terre cuite (pendant du
précédent).

Haut. 0.60.

Avec tous droits, sauf pour la terre cuite et porcelaine.

46. — Noël joyeux n° 3. (modèle terre cuite, pendant du
précédent).

Haut. 45.

Avec tous droits, sauf pour la terre cuite et porcelaine.

47. — Noël joyeux n° 4. (modèle terre cuite, pendant du précédent).

Haut. 0.30

Avec tous droits, sauf pour la terre cuite et porcelaine.

48. — Potiche.

Haut. 0.28. Moule 1 pièce.

Avec tous droits.

49. — Potiche. Pendant du précédent.

BUSTES

50. — Coquette.

Haut. 0.36. Moule 4 pièces.

Avec tous droits.

51. — Pleureur.

Haut. 0.35. Moule 2 pièces.

Avec tous droits.

52. — Mascotte n° 1.

Haut. 0.75. Moule 2 pièces.

Avec tous droits.

53. — Mascotte n° 2.

Haut. 0.60. Moule 1 pièce.

Avec tous droits.

54. — Pippo.

Haut. 0.25. Moule 1 pièce.

Avec tous droits, sauf pour le bronze.

55. — Dormeuse.

Haut. 0.40. Moule 1 pièce.

Avec tous droits.

56. — Hiver.

Haut. 22. Moule 1 pièce.

Avec tous droits, sauf pour le bronze.

57. — Peau d'Ane.

Haut. 0.60. Moule 9 pièces.

Avec tous droits.

58. — La mariée.

Haut. 0.60. Moule 6 pièces.

Avec tous droits.

59. — Manola nº 1.

Haut. 0.75. Moule 8 pièces.

Avec tous droits.

60. — Manola nº 2.

Haut. 0.60. Moules 4 pièces.

Avec tous droits.

61. — Carmen nº 1.

Haut. 0.75. Moule 1 pièce.

Avec tous droits.

62. — Carmen nº 2.

Haut. 0.60. Moule 1 pièce.

Avec tous droits.

63. — Carmen nº 3.

Haut. 0.25. Moule 1 pièce.

Avec tous droits.

64. — Bamboula avec foulard nº 1.

Haut. 0.75. Moule 1 pièce.

Avec tous droits.

65. — Bamboula avec foulard nº 2.

Haut. 0.60. Moule 2 pièces.

Avec tous droits.

66. — Bamboula avec chapeau nº 2.

Haut. 0.60. Moule 2 pièces.

Avec tous droits.

67. — Fathma nº 1.

Haut. 0.75. Moule 3 pièces.

Avec tous droits.

68. — Fathma nº 2.

Haut. 0.60. Moule 3 pièces.

Avec tous droits.

69. — Sortie d'Eglise.

Haut. 0.60. Moule 5 pièces.

Avec tous droits.

70. — Parisienne.

Haut. 0.75. Moule 1 pièce.

Avec tous droits.

71. — La Prière (avec bras).

Haut. 0.85. Moule 9 pièces.

Avec tous droits.

72. — La Prière.

Haut. 0.60. Moule.

Avec tous droits.

73. — Vestale.

Haut. 0.75. Moule 3 pièces.

Avec tous droits.

74. — Renaissance (collerette).

Haut. 0.60. Moule 3 pièces.

Avec tous droits.

75. — Renaissance (chapeau original).

Haut. 0.75. Modèle terre cuite.

Avec tous droits.

76. — Cauchoise.

Haut. 0.75. Moule 8 pièces.

Avec tous droits.

77. — Rose n° 1.

Haut. 0.75. Moule 1 pièce.

Avec tous droits.

78. — Rose n° 2.

Haut. 0.60. Moule 1 pièce.

Avec tous droits.

79. — Marguerite n° 1.

Haut. 0.75. Moule 1 pièce.

Avec tous droits.

80. — Marguerite n° 2.

                             Haut. 0.60. Moule 1 pièce.

Avec tous droits.

81. — Comte de Paris n° 1.

                             Haut. 0.80. Moule pièce.

Avec tous droits.

82. — Comte de Paris n° 2.

                             Haut. 0.32. Moule 1 pièce.

Avec tous droits.

83. — Macbeth.

                         Haut. 1 mètre. Moule 3 pièces.

Avec tous droits.

84. — Cuirassier n° 1.

                       Haut. 1 mètre. Moule 10 pièces.

Avec tous droits.

85. — Cuirassier n° 2.

                           Haut. 0.40. Moule 7 pièces.

Avec tous droits.

86. — Le Pleurnicheur.

                           Haut. 0.25. Moule 1 pièce.

Avec tous droits.

87. — Le Lys.

                           Haut. 0.60. Moule 1 pièce.

Avec tous droits.

88. — Louis XV n° 1

                           Haut. 0.25. Moule 2 pièces.

Avec tous droits.

89. — Louis XV n° 2.

                           Haut. 0.25. Moule 2 pièces.

Avec tous droits.

90. — Chrysanthème.

                           Haut. 0.30. Moule 3 pièces.

Avec tous droits.

91. — La Tentation.
Avec tous droits. Haut. 0.22. Moule 2 pièces

92. — Fofonette (signé Jean Baraillot.)
Avec tous droits. Haut. 0.60. Moule 1 pièce.

93. — Schoking (signé Jean Baraillot).
Avec tous droits. Haut. 0.60. Moule 1 pièce.

94. — Marie-Antoinette.
Avec tous droits. Haut. 0.34. Moule 1 pièce.

95. — Coquette.
Avec tous droits. Haut. 0.25. Moule 3 pièces.

PIÈCES DÉCORATIVES

96. — Pierrot Tambourin.
Avec tous droits. Haut. 0.80. Modèle terre cuite.

97. — Arlequin Tambourin.
Avec tous droits. Haut. 0.80. Modèle terre cuite.

BRONZES DÉPOSÉS

98. — Buste Dormeuse.
Haut. 0.40.

99. — Buste Sœur.
Haut. 0.60.

100. — Buste Marie-Antoinette.
Haut. 0.34.

101. — Buste Pleureur.
Haut. 0.35.

RED. :

20

140 112 90 70 56 45 63 80 100 125 160
MIRE ISO N° 1
NF Z 43-007
AFNOR
Cedex 7 - 92080 PARIS-LA-DÉFENSE
379.89.70
graphicom
0 1 2 3 4 5 6 7 8 9 10

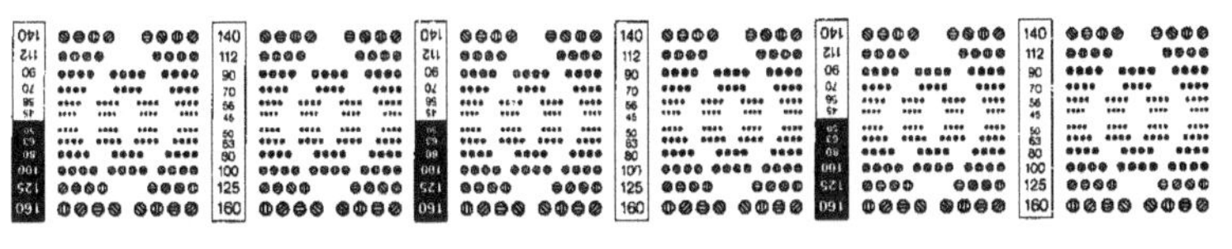

BIBLIOTHEQUE NATIONALE DE FRANCE

****

CHATEAU DE SABLE

1996